文芸社セレクション

残された無念

澁瀬 光
SHIBUSE KO

JN106379

文芸社

1

藤森英司二十三歳。彼は今、事故物件となった東京都内のアパートに住んでいる。わざわざ、そこを借りた理由は家賃が法外に安かったからだ。こんなに安くていいのだろうか？　と思えるほど建物はしっかりしていたし、なかなかしゃれた建物だった。

事故物件と分かっていたからか、担当者に連れられて初めて部屋の中に入ったときには、確かに不気味な感じがした。

そして、「本当に入居されますか？」と言った若い担当者の探るような顔には、信じられないといった思いが見えた。

英司だって好き好んでこんなところに住みたいわけではなかった。それでも背に腹は代えられなかった。金がないのだ。ほとんど只のような家賃で、しかも、こんなしゃれた部屋に住めるのだからと、強く自分に言い聞かせ、賃貸契約を交わした。

その一年前まで英司は、親元に住み、私立大学に通う何不自由のない普通の学生だった。

両親は、小さいながらも評判のいい洋食屋を営んでいて、贔屓にしてくれる常連客も少なくなく、それなりに繁盛していた。

六つ上の兄は両親自慢の息子で、一流企業に就職し、二十五の時に結婚をして、今は香港支店で働いている。英司のすぐ上の姉は英司が大学三年生になった年に、同じ職場の先輩と結婚をして彼の実家のある香川へ移り住んだ。藤森家は平和だった。

それが、姉が嫁いだその年の暮れのことだった。両親の営む洋食店を、多額の借金のかたに、手放さざるを得なくなってしまったのだ。それは、その一年前に、英司の父の元に秋山修一が訪ねてきたことが発端だった。

英司の父は昔、店を開くにあたって、修一の父親である秋山善一に随分と尽力してもらっていたらしかった。父が当時働いていた会社の取引先の社長で、父は随分とかわいがられていたらしい。

そんなことからその息子の修一とも親しくしていた。父が脱サラをして店を開店した時には、その秋山の父親が何度も自分の知り合いを連れて店に通ってくれた。そのお蔭もあって店は軌道に乗り、安定した営業を維持してこられたと言っても過言ではない。

その修一の父、秋山善一が亡くなり、息子の修一が会社の後を継いだのだが、社長になった修一は、その後も何も変わることなく店に通ってくれた。

それが、ぷっつりと顔を見せなくなって一年ほどたった頃、その修一が久しぶりに訪ねて来た。しかしそれは店の客としてではなく、父に借り入れの保証人になって欲しいという依頼に訪れたのだった。

その時の修一の状況がどんな状態なのか父は知らなかったが、まさか、大きな会社を経営しているのだからと、疑いを持つことはなかった。それに、修一本人ではなく、その父親ではあったが、散々世話になった恩人でもあったので快く引き受け判を押した。

それから一年後、英司が大学四年生になって就職活動に必死になった頃、店に突然債権者たちがやって来て、修一の借金の返済を父に迫った。慌てて、修一に連絡を取ろうとしたが、本人とは連絡が取れなかった。そこで会社に連絡を取ると、修一は三年ほど前に退職をして事業を立ち上げた、ということだった。しかし修一が立ち上げたというその会社はすでに、もぬけの空だった。

父はがっくりと肩を落とした。暫くの間、暗い店の中の客席に腰を下ろし、ぼんやりとしている日が続いた。まさに青天の霹靂だった。

後で知ったことだが、秋山修一は父親の後を継ぎ社長に就任して順調な経営を維持していたが、新規事業を取り入れようとして手を広げ過ぎて失敗し、多額の損害を出してしまったと言うことだった。修一が強く推し進めた案件でもあったので、責任を問われて社長の座を降り、会社も辞めてしまったそうだ。

その後、自分で起業したのだが、初めこそうまく行っていた会社も次第に自転車操業に追い込まれ、もはや四の五の言っていられなくなったらしい。父はその煽りを喰ったのだ。

結果として店を手放せざるを得なくなり、店のみならず、五年前に建て替えたばかりの家さえも借金のかたに売り渡す羽目になってしまった。

家を明け渡す期日は迫っていた。幸いにも両親は愛媛で果樹園を営むいとこの手伝いをさせてもらえることとなり、そのいとこの家の近くに空き家を借りることが出来た。そして、英司は事故物件となったアパートの賃貸契約を済ませていた。もちろん、両親には事故物件であることは話していない。兄や姉の援助を受けながら大学をとりあえず卒業することにしていた。

母は意外にも冷静だった……ように思えた。父を責めることはせず、大学卒業を目前にした英司に、

「英司、お父さんを責めないでやってね」と言った。

家を出て行かなければならないという話が英司にされたとき、

「悪いな。英司。お前が大学を卒業するまで家に置いてやりたかったが、こん

な事になってしまって」

と父は言った。

「大丈夫だよ、父さん。一人暮らしを始めるのが少し早まっただけだから」

と言うと、

「援助はなるべくするから」

と言ってくれた。

「心配ないよ。アルバイトもしているし、足りないときは兄さんたちに泣きつくから。それより父さん、愛媛のおじさんの手伝いできるの？」

と聞くと、

「慣れれば何でもないさ」

と仕方のない事だが、諦めがついたのか、父はそう言った。

2

とうとう事故物件となった部屋に入居する日がやって来た。部屋には既に簡単な家財道具と最低限の生活用品が運び込まれていた。三階建ての建物で、一つの階に六部屋ずつあり、建物の横に螺旋階段があった。

英司の借りた、曰くつきの部屋は二階の一番奥の部屋だった。風呂、トイレ付き、六畳と四畳半の二部屋に小さなキッチンがついている。南側がベランダになっていて、反対の北側には駐車場がある。南側は道路に面しているので、それほどの圧迫感がないのが救いだった。

部屋に入るとき少し勇気が要ったのは、ここが事故物件だと知らされていたからだろう。リフォームされた壁紙がやけに白いのが気になった。

初めて部屋で眠ることになった夜、英司はあらゆる電気を、と言っても六畳と四畳半の二つだけだが、点けたままにして蒲団を頭からかぶって寝た。何処かで軋むような音はしたが何の現象も起きなかった。

数日が過ぎ、部屋に慣れてくると、事故物件であることが特に気にならなくなった。就職の内定を貰い、あとは大学卒業を待つだけだった。


それから一カ月が過ぎた。その夜、英司は、アルバイト先の居酒屋チェーン店で、いつものように客を送りだし、テーブルの上を片付けていた。

二時間ほど前に若い部下らしき数人を連れた一人の男の客が、時々、英司の様子を窺っているようだった。

気にしないようにテーブルの上を拭き、グラスを中へ運んで行って、店長の小田に、

「奥のお客さん、さっきから、すごく見ているんですけど、何なんですかね？」

と訴えると、

「あの若い連中を連れた人か？」

「はい」

と、二人で覗いてみると、やはりこちらを見ていた。小田が、

「連れているのは部下たちだろうな。さっきから説教をしているようだったな。かなり酒が入っているようだ。きっと付き合わされているのだろうな。かわいそうに。お前が良く働くので見ていたんじゃないのか？」

と言った。

「そうですかね」

と言いながら、英司には、そんな眼じゃないように思えた。何となく睨みつけられているように感じた。

　店内に新しい客が入って来たので、その場はそれで済んだのだが、客がまばらになった頃、その男の連れた部下たちが一人二人と立ち上がって帰る様子だったので、

「どうも、ありがとうございました」

と声を掛けた。

その時、英司を見ていた客の男が、突然、英司を指さして、

「使い物にならない奴はいらない！」

と言った。

英司は、酔った客に絡まれたことは何度か経験があったので、相手にせず他の席の片付けを始めた。しかし、その英司の片付けているテーブルの近くに男がやって来て英司を睨みつけた。グラスを手に英司はテーブルを回り込むようにして男と距離を取った。男は英司の顔を睨みつけたまま、

「お前な。もう少し、仕事らしい仕事をしてみせろよ」

と言った。

誰が見ても英司は酒癖の悪い客に絡まれた被害者だった。男を刺激しないように黙って男が離れるのを待とうと我慢したが、男は執拗だった。

「お前、口答えさえしなければ何もないような顔をするが、その態度が鼻持ちならないんだよ」

と尚も絡んできた。

その様子を見ていた店長の小田が慌ててやって来て、

「お客さん困ります」

と止めに入った。

男の連れたちは、ただ茫然とその場に立っているだけで、誰一人として止めに入る者はいなかった。その彼らに向かって小田が、

「すみません。連れて出て下さい」

と声を掛けると、

「あっ。はい。すみません」

と言い、「課長」と男を促し、数人で男の背を押すように店を出て行った。

小田は、

「大丈夫か？　よく我慢したな」

と英司の背中を軽く叩いて気遣ってくれた。

「大丈夫です。それにしてもあんなに絡まれたのは初めてです」

と英司は小田の顔を見た。

店が終わり、帰る頃には英司はもう絡まれたことなど気にしていなかった。

それなのに、アパートに帰り、部屋に入った途端に、店で客の放った言葉が思い出され無性に腹が立った。怒りに任せ、乱暴にカバンを下駄箱の上に投げ置くと、そのまま奥に入り、白く壁紙が張り替えられた壁に背をもたれさせ「あの野郎」と何度も毒づいた。

誰も英司の顔を見ているわけではないが、もし側に誰かがいたとすれば、その顔を見てゾッとしただろう。その怒りは尋常ではなかった。何度も床を叩きつけた。

いつの間にかそのままの状態で眠ってしまったらしい。目を覚ますと右手がズキズキとした。英司は手を擦りながら部屋の中を見回した。

自分に何が起きたのか分からなかった。怒りの感情はなかったが、最悪の気分だった。立ち上がって背にしていた壁を見ると、何となく白い壁の一部が薄く汚れているように見えた。

入居してから何も起きなかったので、その日まで事故物件であることを意識することなく生活していたが、それを見て、自分の部屋が曰く付きの部屋であることに初めて強い恐怖を感じた。しかし帰る場所はこの部屋しかない。英司は壁からなるべく離れて、壁を見ないようにして過ごした。

3

それから一週間ほどして、男の客がまた数人の部下を連れて店にやって来た。その顔を見て英司は一瞬身構えたが、彼は英司のことを覚えていないようだった。

「いらっしゃいませ。奥へどうぞ」と声を掛けて案内しても、英司にこだわる様子は見られなかった。おしぼりを人数分配り置き、オーダーを取り、

「焼き鳥盛り合わせ二つお願いします」

と奥に声を掛けると、小田が英司の傍に来て、

「この前の人か？　覚えていないようだな」

と言った。

店内が込み合って来て忙しくなってきた。次々とオーダーを通し、それぞれ

の席へ運び、空いた席の片付けをして、間に合わない食器やグラスを洗い、とにかくその日は目まぐるしかった。

やっと数席の空きが出来て落ち着いてきた頃、男の席で、男が盛んに部下に向かって説教をする声が聞こえて来た。先日と同じように男はかなり酔っていた。

その男が前の日と同じように、テーブルを片付けている英司の姿を執拗に見ていることに気が付いた小田が、英司の傍に来て、

「藤森、ここは俺が代わるから中に入って洗い物をしてくれるか」と声を掛けた。

「はい」

と言ってその場を離れようとしたその時、

「おい。今日は何をやらかしたんだ？　浅井」

と男が立ち上がった。明らかに英司に向かって言った言葉だ。

「相手にするな」

と小田に言われ、そのまま奥に行こうとすると、

「何だ。無視か？」

と再び声がした。

「何なんだ。こいつ」と思ったが、あくまでも相手にしないよう奥に入った。

「相変わらずだんまりか？　おい浅井」

と尚も言い続けるその客に小田が、

「すみません、お客さん。人違いですよ。彼は浅井じゃありません。うちの従業員です」

ときっぱりと言い切り、先日と同じように、

「すみません。大分酔っていらっしゃるようなので、そろそろよろしいですか？」

と部下であろう客たちに声を掛けた。男は、

「フン。また庇ってもらうつもりか」

と言い募った。部下たちが慌てたように、

「ほら。課長」

と促すと、

「何だ。俺に指図するのか？」

と今度はその部下に絡み始めた。

睨みつけられた若い男は、その目を無視するようにうまく男を外に連れ出した。その若い男が一人店内に戻って来て、

「すみません」

と小田に頭を下げてから店を出て行った。

少しして小田が彼の後を追って店の外に出て行き、彼を呼び止めた。

「不快な思いをさせてすみませんでした。私たちの上司なのですが、普段は温厚すぎるくらいの人です。こんなに酒癖が悪くなることはなかったのですが……野村と言います」

彼は名刺を小田に差し出した。

「あなた方も大変ですね」

と言い、小田は名刺を受け取った。なかなかしっかりした青年だった。しかし、

その名刺を手に店の中へ戻った小田は、アルバイトとは言え、自分の店で働くスタッフの事なので、今度同じような事があったら、はっきりと入店を断るつもりだった。

　店が終わり、

「お疲れさま。藤森、気にするなよ」

と小田に言われ、

「はい。大丈夫です」と、英司は他のアルバイト仲間と店を出た。

「なんか就職をするのが怖くなりました」

　一つ年下の島田明が言った。

「一緒に来た人たちは、嫌じゃないのですかね？」

　これも英司より若い、加山敏正が言った。

「そうだよな。あんな客初めてだよ」

　うんざりとしたように英司が答えた。

「でも、藤森さん、よく何も言い返しませんでしたね。俺だったら我慢できなかったかも知れませんよ」

加山が感心したように英司を見た。そんな加山に英司が、

「あの客ほど酷くはないが、今までも何度か絡まれているからな。店長は常々相手にするなって言っているだろう？」と言うと、

「それはそうですが……」

自信のない顔をした加山に、

「大丈夫。この客から金が入ると思えば」と言うと、

「藤森さん、そんなふうに思って働いているのですか？　酷いな」

と笑った。

彼らと別れて、やれやれとんだ災難だったと思いながら帰途についた。その時はその程度だった。

しかし、部屋に入った途端、無性に客の男が憎く思えてきた。側に行かないように避けていた奥の壁に真っ直ぐ向かい、もたれかかるようにして、

「あの野郎」

と呟いた。

どうしてそれほどまでに頭にくるのか、ただ、ただ、男が憎かった。握りしめた拳が震えている。頬に涙が流れ落ちた。立ち上がることさえ出来ずに、惨めな自分に涙が止まらなかった。

翌朝目覚めると、英司は前と同じように壁に張り付くように横になって眠っていた。

怒りはなかった。起き上がると寝ていた体勢が悪かったのか、身体のあちこちに痛みがあった。気分は最悪だった。壁に目をやると、何か影のような薄墨色が浮きあがっていた。ギョッとしたが、恐る恐るその壁を擦ってみた。その壁の冷たさは氷のようだった。

……事故物件……

家賃が安いからと言うだけで、とんでもない所を借りたものだと後悔したが、まだ、この部屋を出て行くことは出来ない。

初めて男の客から絡まれた日も、部屋に帰った途端、無性に腹が立った。あの客と、この部屋が何か関係しているのだろうか？　背中に不気味な寒さを感じた。

4

英司が客に絡まれた三日後、大友という、店に食品を運んでくる五十歳代の業者の男が、開店前の店の中を覗いている。大友は追従の一つも言えないような寡黙な男だった。その大友から、

「あの、少しいいですか？」

と小田は声を掛けられた。まだ、店には小田一人だった。

「ああ、大友さん。今日は早いですね」

と言うと、

「実は、少しお話があるのですが」

と改まった言い方をされた。

「はい。何でしょう？」

と、テーブルから降ろしかけた椅子を置き、小田は大友に向きあった。

「あの……」

大友は自分より若い小田の前で言い淀んだ。

「はい」

小田は彼が話し出すのを待った。

「とても信じてもらえないかもしれないのですが……」

と大友は言って小田を窺うように見た。

「何か問題でもあったのですか？　まあどうぞ」

小田は言いにくそうにしている大友に椅子をすすめた。大友は、

「実は、これから話すことはきっと信じられない事かも知れませんが、どうしても心配になったものですから、一応話をしておいた方がいいと思いまして……」

と意味深な言い方をした。

小田は、何かあったのだろうかと思い、

「何か問題でもあったのですか？」

と同じ聞き方をした。大友は、

「あなたは、霊的なものを信じられますか？」

と言った。

「えっ？　霊的なものですか？」

「はい」

小田は戸惑った。思ってもみなかったことを聞かれたからだ。小田が答えあぐねていると、

「私は霊が見えるのです」

と大友が言った。

小田はどんな反応をしていいのか分からなかった。からかわれているのかと思ったが、大友はいたって真面目な顔つきをしている。

「大友さん。真面目な話ですよね？」

と言うと、

「やっぱり、そう思いますよね」

と言った。小田が、

「いや、あの……」

と言葉に詰まると、

「いや、いいんです。今までもそうでしたから」

彼は自嘲的に言った。その大友に辛うじて、

「いや。大友さん。お話、聞かせて下さい」

小田は彼を促した。

「では」

と言って大友は話し出した。

「ここでアルバイトをしている一人に、何か薄い影が見えて」

「薄い影？」

「ちょっと気になったものですから、配達を終えた後に店を覗きに来たのですが、中年の男性から、そのアルバイトの人が何か言われているのを見ました」

「ああ、藤森ですね」

料金受取人払郵便

新宿局承認

7552

差出有効期間
2024年1月
31日まで
（切手不要）

郵便はがき

160-8791

141

東京都新宿区新宿1－10－1

（株）文芸社

愛読者カード係 行

ふりがな お名前		明治　大正 昭和　平成　年生　歳
ふりがな ご住所	□□□-□□□□	性別 男・女
お電話 番　号	（書籍ご注文の際に必要です）	ご職業
E-mail		

ご購読雑誌（複数可）	ご購読新聞 新聞

最近読んでおもしろかった本や今後、とりあげてほしいテーマをお教えください。

ご自分の研究成果や経験、お考え等を出版してみたいというお気持ちはありますか。

ある　　ない　　内容・テーマ（　　　　　　　　　　　　　　）

現在完成した作品をお持ちですか。

ある　　ない　　ジャンル・原稿量（　　　　　　　　　　　　　　）

書　名			
お買上 書　店	都道　　　　市区 府県　　　　郡	書店名	書店
		ご購入日	年　　月　　日

本書をどこでお知りになりましたか？
1.書店店頭　2.知人にすすめられて　3.インターネット（サイト名　　　　　　）
4.DMハガキ　5.広告、記事を見て（新聞、雑誌名　　　　　　）

上の質問に関連して、ご購入の決め手となったのは？
1.タイトル　2.著者　3.内容　4.カバーデザイン　5.帯
その他ご自由にお書きください。
（　　　　　　　　　　　　　　　　　　　　）

本書についてのご意見、ご感想をお聞かせください。
①内容について

②カバー、タイトル、帯について

弊社Webサイトからもご意見、ご感想をお寄せいただけます。

ご協力ありがとうございました。
※お寄せいただいたご意見、ご感想は新聞広告等で匿名にて使わせていただくことがあります。
※お客様の個人情報は、小社からの連絡のみに使用します。社外に提供することは一切ありません。

■書籍のご注文は、お近くの書店または、ブックサービス（📞0120-29-9625）、セブンネットショッピング（http://7net.omni7.jp/）にお申し込み下さい。

「名前は分かりませんが、三日前だったと思います」

　その話を聞いて小田は、

「ええ、三日前に確かに藤森が絡まれていました。ちょっと考えられないくらい執拗でしたね。一緒にいたお客から名刺を貰いましたが、ちょっと気になったものですから、名刺をくれた客に会いに行って来ましたよ」

と言いながら小田は、大友の話はそれとどういう関係があるのだろうかと考えた。その小田に大友は、

「そうですか。それは何よりです」

と言った。

　訳が分からず、とりあえず名刺をくれた野村から聞いた話を大友に話して聞かせた。

「その……。いや、実は、その会社ですが、ここから離れているのですよ。わざわざタクシーで来たということでした。その絡んだ男は一緒に来た客たちの上司で、連れて来られた部下たちは、この店のチェーン店なら会社の近くにも

あるのにと言っていたと言っていました。が、僕は、あれだけ説教じみた話をしていたのだから、会社の傍の店では抵抗があったのではないかと思ったので……特別なことではないと思ったのですが……客の話ではその上司は、会社ではとても温厚な人だそうです。だから彼はその酒癖の悪さに驚いたと言っていました」

「そうですか」

「ええ、ただ、妙なのですよね。酒癖の悪い客は時々いますが、普段ならやっと帰ったと思う程度なのです。それが、自分でもどうして後を追いかけて店の外に出たのか……こう……なんていうか……思わずですかね」

小田は、大友から霊が見えるなどと言われたせいか、その時の自分の行動がおかしかったと思えてきた。

大友はしばらく顎に指を当てながら、何か考えているようだった。

「あの、大友さん」

と小田が声を掛けると、

「店長、やはり、ちょっと心配ですね」

と言った。

「あの、大友さん。僕はそう言った経験がないものですから、一概に信じられないのですが……」

とやはりあり得ない話だと思いそんな言い方をした。

「そうですよね。それが普通です。私は、今までに何度かこのような経験をして、その都度、その事を相手に忠告したことがあって変人扱いをされ会社を辞めました。だから今は、人にあまりかかわりを持たないような配達の仕事をしています。たとえ何かが見えたとしても、深くかかわらないように気を付けてきました。でも、今回は、そのアルバイトをしている人が何かを言われる度に、薄い影が濃くなって来ています」

と大友は静かに言った。

　小田は、

「実は大友さん、あの客が藤森を浅川という名前で呼んだのですよ」

と大友に説明しながら、その時のことを思い出してみると、男がただ、たまたま店員に絡んだというのではなくて、自分の知っている人物に絡んでいたように思える。酔っていればそのような事もあるのかも知れないが、小田にはその事が何となく引っ掛かって来た。

「何かがあったのでしょうね」

と大友が言うと、小田は大友が見えると言ったことが半信半疑ではあったが、嘘ではないように思えてきた。

「大友さん、その……藤森に何かが取り憑いたと言うことですか？」

と恐る恐る聞くと、

「そうだと思います」

と大友は静かに頷いた。

「あの……どうしたらいいのでしょうか？」

小田は戸惑った声を出した。

「まずは、何があったのか知るべきです」

と大友に言われ、

「知ると言っても……」

小田は困惑した。その小田に、

「私が少し調べてみましょう」

と大友が言った。

5

大友は早速、一日休みを取り、小田から渡された名刺を持って会社を訪ねて行った。職場を訪ねて行くのに私服よりきちんとした格好の方がいいだろうと思い、久しぶりにスーツに袖を通した。

六階建てのビルに南光ビルとあった。以前、大友が勤めていた会社の建物とよく似ていた。五階と六階が、大友が訪ねて来た八鍬商事だった。

事務所に入って行き、入り口近くの席に座っている若い女性社員に声を掛けた。

「すみません。野村省吾さんにお会いしたいのですが」

女性社員はしっかりとした声で、

「はい。お待ちください」

と言い、電話で呼び出してくれた。出てきた男は確かに店にいた男だった。

「野村です」

とはっきりとした声で名乗った。

「大友と言います。実は少し、お話をお伺いしたいと思いまして」

「あの……」

「ああ、すみません。実は先日の《居酒屋とみ正》の事で」

「ああ。ちょっと待ってもらえますか？」

と言い、奥へ入って行って、二、三分で戻ってくると、

「すみません。お待たせしました」

と言い、側の女子社員に、

「ちょっと出て来るので」

と声を掛けた。

二人は、会社から少し離れたところにある喫茶店に入った。

「お忙しいところすみません」

と大友が詫びると、

「いえ、こちらこそお店にご迷惑をお掛けして、申し訳ありませんでした」

と野村は頭を下げた。そのしっかりした姿勢に大友は好感を持った。

「いえ」

と、大友はあえて店の者ではないとは言わなかった。

「実は、あの日の課長の態度は、僕たちにも信じられなかったです。渡辺と言うのですが、普段はとても温厚な人なので……」

と野村は言った。

「そうですか。酒癖が悪いのですかね？」

と大友は話を合わせた。

その大友に野村は、渡辺について妙な噂があると言った。

「実は、店に一緒に行った若い社員の間で妙な話が出たのです」

「妙な話？」

「はい。課長は途中入社で、五年ほど前、初めから課長として迎えられたのですが、前はちょっと名のある会社の部長をしていたらしいです。その会社から比べれば、うちの会社は比べ物になりません。そこで部長をしていたのに、課長としてではありますが、うちのような会社に入社するなどとは、何か失態を起こしたのではないのかと言うのです」

「なるほど」

「笑わないで下さいよ」

と野村は言い、

「何かに呪われているというのです」

「呪われている？」

「いえ、呪われているというのは大げさですが、その……誰かに恨まれているのではないかと……そんなふうな事です」

と自分の言ったことを恥じるように頭に手をやった。その野村に、

「その根拠は？」

と大友は真面目な顔で聞いた。

「根拠ですか？」

　野村は少し考えるようにして、店に行く前と店の中で英司に絡んだ時の男の様子を話した。

「僕たちが課長に誘われたのは、お宅のお店に行ったのが初めてなのです。わざわざタクシーに乗り、連れて行かれたのですから、きっとしゃれたお店に……いや、その、あなたのお店がどうと言うわけでは……」

と慌てて言ったが、大友は、

「誰だってそう思いますよ」

と助け船を出した。

「だから、店に着いた時、きっと知り合いの店なのだと思いましたが、知り合いなどいない様子でした。酔いが回り始めたあたりから、突然説教が始まりましてね」

　大友は頷いた。

「僕たちは意外な課長の姿を見せられた思いでした。だから前にいた会社を辞めた理由はきっと酒で失敗したのだと噂しました」

「なるほど」

「二度目に誘われた時に断れなかったのは、会社を辞めた理由がそういうものであるという憶測と、誘った目が座っていて断りづらかったのと、独りだけじゃなかったからですかね」

大友は再び、

「なるほど」と言った。

野村は、

「一度目の時もそうでしたが、従業員に絡みだして、僕たちはただびっくりしてました。二度目の時には、そちらの従業員の方の名前を呼んでいたので、彼が知り合いだったのかと思いました。でも、店の人が人違いだと言ったので、酔って課長は人違いをしたのだと。そんなことから課長の呼んだ名前の人との間で何かトラブルがあったのかと思ったのです」

「それで、その名前の人から恨まれていると？」

と大友が言うと、野村は「ええ」と頷いて、

「何かがあったのなら、きっと課長がこだわっているだけなのかも知れませんがね。一緒に行った奴が、課長の、前の会社の噂を何処かで聞いて来て、呪われているのは本当だというのですよ」

「前の会社？　そうですか。それで今、会社での課長さんの様子は？」

「それが、何も変わらないのですよ。いつもと同じく穏やかです。何事もなかったかのようで」

と首を傾げた。

「どうしてあなたのお店に行く必要があったのか、私たちにも分かりません。それも……その……呪われているという噂の根拠です」

「確かに腑に落ちませんね」

大友の顔は真剣だった。

　大友は仕事中に呼び出したことを詫び、渡辺が前にいたという会社を教えてもらい、また、何かあったら連絡をさせてもらうと言った。野村は、頷きはし

たが怪訝そうな顔をした。

6

小田は接客をしている英司が気になっていた。特に変わったところがある訳ではなかったが、どう言ったらいいのか、接客が硬いとでも言ったらいいのか、人を窺っているように見えた。仕事に支障があるということでもないが、今までにそんな様子は無かったように思う。

小田は、大友から野村と会ったときの話を聞いていた。店にやってきた経緯も不自然だったということだったが、大友の見えると言ったことや、聞かされた話が先入観となっていて、自分は英司をそのような目で見ているだけなのだろうと思うと、自分が正常に判断出来ているのか疑わしく思えて来た。

大友は、今度、その渡辺と言う男が部長として働いていた会社を訪ねて話を聞いて来ると言い、きっと浅井と言う人物が関係していて、その会社にいたはずだと言った。

数日は何も起こらなかった。その間の客の顔ぶれも、いつもの常連客が多かった。

変わったことと言えば、店が終わって従業員たちが帰る時、いつもなら同じアルバイト仲間の島田や加山を待って帰るか、先に帰るときには、必ず声を掛けて店を出る英司だったが、何かに引き出されるかのように店からすうーと出て行くようになった。

「あれ、藤森さん、もう帰ったの?」

と加山が島田に言うと、

「いつの間にかいませんでした」

と加山の顔を見て島田が言った。

「珍しいね。じゃあ、二人で帰るか」

と帰って行った。

そして次の日もいつの間にか英司は店を出てしまっていた。

「どうしたんだろう？」

と店先で話している二人の傍に小田がやって来て、

「どうした？」

と聞くと、

「この頃、藤森さん、いつの間にか黙って帰って行っちゃうんですよ」

と加山が言った。

「もうそろそろ卒業だからな、やることが溜まっているのだろう」と小田は言ったが、働いている様子といい、やはり何かがおかしいと感じた。納得の行かないような二人に、

「ほら、もう遅いぞ。気を付けて帰れよ」

と送りだした。

　大友からはその後、まだ何の報告もない。大友だって仕事をしているのだから直ぐには動けないのだろうが、何があるのか早く知りたいものだと思った。その時の小田は、大友の見えると言った言葉を信じてみてもいいのかも知れな

いと思い始めていた。

部屋に帰った英司は、帰ると直ぐに、影のような形を濃く浮き上がらせた壁に引き寄せられて、その前に座り込んだ。壁の奥から何かが訴えてくる。その何かは、時には怒りだったり、時には悔しさだったり、時には取り残された寂しさだったり、重苦しいほどの感情で涙が止まらなくなる。気が付くと壁を擦りながらすすり泣いている自分がいる。それは時間にして二十分ほどだろうか？　ここ数日、毎日こんな事が起きている。引き寄せられることに何の抵抗もない。むしろ、その切ないほどに入り乱れた感情に共鳴していると言えばいいのだろうか？　身を寄せて、一緒に怒り、一緒に悔しさに身が震えた。

その事は次第にアルバイトにも影響し始めてきた。人の前に立つのが怖いのだ。つい硬い表情になってしまう。取ったオーダーさえ間違えてしまったのではないのか、今に客から罵倒されるのではないか、と不安で一杯になった。

部屋に早く戻りたかった。部屋に入り壁にもたれかかるとほっとした。

そして、壁から感じる怒りや苛立ちに触れると、何かが自分を理解してくれているような安心感に包まれた。

やはり確実に英司の様子がおかしい。小田はそう感じた。小田だけではなく他のアルバイト従業員も心配そうに英司の様子を見ている。お客が入って来ても焦点の合わない目をして、ただ、黙って立っているのだ。小田は英司を厨房に連れて行き、ひとまず、奥で食器の洗浄をさせることにした。

翌日、今まで無断で休むことなど無かった彼が店を休んだ。携帯に掛けた電話はつながったものの雑音が入り会話が出来ない。結局、英司とは話が出来なかった。

その日、店の閉店の時間が近づいた頃、大友が店に顔を見せた。その大友の顔を見て小田は、待ちに待ったとばかりに近づいて行って声を掛けた。

「大友さん」

大友は、そんな小田に頷くようにして、

「少しお時間いいですか？」

と聞いた。

「勿論です」

と、はやる気持ちを抑えきれず答えた小田は、片付けや戸締りなどをアルバイトの加山達に任せて、大友を厨房の奥に連れて行った。

「何かわかりましたか？」

と椅子を勧めてせかす小田に大友は、

「今日は、彼は休みですか？」

困惑したような小田の顔を見て、

「彼の様子に何か変わったことがあったのですか？」

と聞いた。

小田は、

「ええ」

と言うと、英司の客を目の前にしておどおどしている様子や、ただ、黙って立っていることがあることや、電話を掛けた時に聞こえた雑音の事などを大友に話した。

「そうですか。急いだ方がいいでしょうね」

その様子を聞いて大友が言った。

そして、渡辺という客の、前に勤めていた会社での出来事を話してくれた。

7

「あの渡辺が前に勤務していたという大豊商事に行って、社から出て来た社員を捕まえて渡辺の事を聞いて回ったのですが、誰もかれも知らないと言って耳を傾けてくれませんでした。

　何人目かに声を掛けたとき、三十代ぐらいの社員が、その場では話してはくれませんでしたが、近くの喫茶店を指定して待ち合わせてくれました。彼の名は大塚友康といいます。

　話の内容は、やはりと言った内容でした。会社では緘口令が敷かれたということでした。

　今から六年ほど前、渡辺が営業部長をしていた大豊商事は様々な商品を扱い、販売ルートを確実に増やし、実績を積み上げて大きくなった会社で、当時、渡辺は営業手腕を高く評価され部長に昇進したばかりだったそうです。規模が少しずつ大きくなって行くと、渡辺は次第に大柄な態度を取るようになって、その傲慢さが鼻につくようになったそうです。

そうなると、周りから反感を買われるようになり、周りの社員がありもしない色々な噂を流し渡辺を陥れようとしたそうです。

まあ、よくある話ですが。その噂の影響なのか、何かと仕事でトラブルが発生するようになって、それは、渡辺の傲慢さが引き起こした事なのでしょうが、渡辺の苛立ちは部下たちに向けられ、毎日のように誰かしら部長である渡辺の前に立たされ、罵倒されるようになったそうです。

その中で、最も多く渡辺の前に立たされたのが浅井光輝という新人の社員だったそうです」

「浅井？　確かに男が呼んだ名前ですね。しかし、部長自ら新人の社員を……」

と小田が言うと、それに頷いて大友が話を続けた。

「周りの社員たちは誰かが渡辺の標的になっていれば、自分たちは免れられた為か、誰もが見てみぬふりをしたのだそうです。

かわいそうに毎日のように責め立てられて、人格さえも否定され、精神を病んでしまったのだそうです。

私に話をしてくれた大塚という人は、彼と同期だったそうですが、元気のなくなって行く彼の様子は気になっていたようですが、何もしてやれなかったと言っていました。

その後、彼は自ら命を絶ったそうです。彼の両親が息子の様子がおかしいことを心配して、アパートを訪ねた時にはもう……」

「そんなことが……かわいそうに」

と小田が呟いた。

「両親は何があったのか会社を訪ねて行ったそうです。それは当然ですよね。しかし、渡辺は両親に対して、彼は精神的に弱すぎると言って、他の社員だって同じように任された仕事に苦労しているし、彼一人だけが特別だったということはありませんと言ったそうです。

いたわる素振りすら見せないその態度に、不信感を覚えた両親は、会社に抗議するとともに、会社を訴えるとまで騒ぎ立てたそうですが、会社側では、社員に対して緘口令を敷き、何も問題はなかったとしました。

しかし渡辺の行動は、社内調査をするまでもなく、行き過ぎだったとされて、その後降格となり、会社を辞め、今の会社に課長として迎えられたということです」

「酷い話ですね」

と小田は眉を寄せた。その小田に、

「彼が住んでいた部屋は、事故物件となり去年まで誰も住んでいなかったそうですが、そのアルバイトの人は何処に住んでいますか?　もしかして……」

小田は大友にそう言われて、確かに英司が引っ越しをした時期と、渡辺という客が店にやって来た時期が近かったような気がした。

「まさか」

と思わず声に出すと、

「心当たりがあるのですか？」

と聞かれて、

「実は、藤森はその渡辺という客が店に来る少し前に、一人暮らしを始めたのですよ」

と言った。

「もしかすると、彼が借りた部屋がその事故物件の可能性がありますね」

と大友が言った。

「大友さん、どうしたらいいでしょうか？」

「そうですね」

大友は考え込んでしまった。

「大友さん。今、藤森に……その……ついているのですよね」

恐る恐る小田は聞いた。

「はい」

と大友ははっきりと頷いた。

そんな大友に小田が、

「もし、また、その渡辺という男と藤森が顔を合わせたらどうなりますか？」

と聞くと、

「もう一度会ったら？……すみません。私にも分かりません」

と首を振って、

「でも、言えなかった無念を……その……渡辺にぶつけることが出来たなら…」

と、言うと、

「いや。素人の判断では危険すぎますね」

と大友は言い、そして、

「やはり、きちんとした除霊をしてもらった方がいいでしょう」

と言った。

「除霊？……」

小田は困惑した。

大友は知り合いの住職に相談してみると言って帰って行った。

翌日、目を落ちくぼませた英司が店に出勤して来た。その顔は店を休んだ理由が直ぐに分かるような顔だった。客の前にはとても出せそうもない顔だ。普通なら休めと言いたいところだが、小田は彼の様子を観察するためにも黙っていた。いつものきびきびとした英司と同一人物とはとても思えない。

「大丈夫ですか？　藤森さん」

とアルバイトの島田が心配そうな顔をした。

その日は英司を客の接待ではなく、厨房の中の手伝いに回した。

英司の様子を見て小田は、大胆にも渡辺と英司をもう一度会わせてみようと考えた。

翌日、大友から返してもらった八鍬商事の野村の名刺と、大友が貰って来た大豊商事に勤務している大塚友康の名刺を手にでかけて行った。

八鍬商事を訪ねて野村を呼び出してもらった。中から出て来た野村は小田を覚えていた。

「ええと、とみ正の方でしたね？」

「はい。小田と言います」

「絡まれた店員さんに何かあったのですか？」

と野村は警戒するような顔をした。

どのように話すべきか小田は迷った。まさか自分の従業員が取り憑かれたなど話したら、彼はどう思うだろうか？　しかし、野村の方から、

「先日、大友さんという方が渡辺のことを聞きに見えましたが、渡辺が絡んだ従業員の方が体調を崩されたとか……？」

と言われ小田は、

「はい」と答えた。

戸惑った野村にどのように説明すればいいのか迷った挙句、小田は、信じられない不可思議な事だが、はっきりとした異常な様子が英司に見られるのだから、この際、偽りなく説明をした方がいいと思い、

「実は、うちの従業員があの後から様子がおかしくなりまして」

と言った。

「そんなに大変な事になっているのですか？」

と野村は言い、

「あの時の大友さんも深刻そうにしていましたが、まさか……そこまでとは」

と後の言葉を飲みこんだ。そして、

「あの……」

言いよどむようにして恐る恐る聞いた。

「浅井という人が関係しているのですか？」

その野村に、

「あの、これから話すことは、おそらく信じられない事だと思いますが、お話を聞いていただけますか？」

と小田は言った。

「分かりました。聞かせて下さい」

野村は真っ直ぐに小田を見た。小田はこれまでの経緯を、自分が戸惑ったことをも含めて話して聞かせた。

「あの大友さんが、そうですか。私も大友さんと話をしていて、確かにうちの渡辺の行動がおかしかったと思いました。あの後、店に行った私たちの間でもその事が噂になりました。でも、大友さんにも言いましたが、絡んだのは、渡辺のこだわりが酔った勢いで出てしまったのではないかと思っていました。一概に信じられませんが、その従業員の方がおかしくなったのであれば、いずれにしても問題ですね」

と理解を示してくれた。その言葉を頼りにするように、小田は、野村にこんな事を頼んだ。

「そこで、お願いがあるのですが、もう一度、渡辺さんと一緒に店に来て下さいませんか？ その浅井という人の思いが関係しているのであれば、渡辺さんと話をさせてみたいと思います。渡辺さんの中にもこだわりがあるのでしたらなおさら……」とそこまで小田が言ったところで、

「わかりました。渡辺が承知するかどうかは分かりませんが、僕たちも協力させていただきます」

と言ってくれた。

後日連絡を入れると約束をして野村と別れた。野村を訪ねた後、小田は、大豊商事に大塚友康を訪ねて行った。

大塚は小田の話を黙って聞いていた。浅井にとって自分は唯一の相談相手だったはずなのに、彼の話を聞いただけで何の力にもなってやれなかったと悔やみ続けてきた。会社から敷かれた緘口令に素直に従ったがために、悔し涙を見せた浅井の両親さえも裏切って来たのだと。しかし、あの時点で自分が声を上げたとしても、孤軍の奮闘では結果は同じだっただろうと思う。

今、目の前の小田の話を聞いて、今更ながら浅井の深い無念を感じるようだった。あの明るかった浅井がくすんだ顔をして笑ったのが浅井と会った最後だった。

だから、たとえ、その浅井の怨念でも自分はかかわってみたいと思った。

8

渡辺は大豊商事を辞めてから、自分が追い詰めた一人の青年の死を記憶から消し去ろうとしていた。

精神的に追い詰めたと周りから噂されたが、俺だってそんな時代はあったと言いたかった。あまりにも弱すぎると本気で思った。だから、自分が悪いのではないと信じて疑わなかった。浅井の親が訪ねて来た時も、どうしてこんな弱い子に育てたのかと正直言ってやりたかった。しかし、子を亡くした親にはさすがに言うわけには行かないと我慢した。

会社に大いに貢献して来たのに、上役の誰一人として擁護してくれる者はいなかった。それどころか当然だと言わんばかりに降格させられた。直ぐに辞表を叩きつけて辞めてしまった。他の名のある会社でも俺は必要とされるはずだと思っていた。俺を見限った奴等を見返してやりたかった。

しかし、何処も自分を必要としてくれる会社はなかった。なぜだと信じられなかった。傲慢だと囁く声が聞こえた。仕事の出来ない奴等のやっかみだと思った。現実は自分に反省を促すようだったが、どうして俺が反省する必要があるのかと理解出来なかった。

やっと、今の八鍬商事に課長として拾ってもらった。そう、拾われたのだ。屈辱だった。八鍬の社員は若者が多かった。設立されてからまだ十年ほどの会社だった。

浅井の死が自分のせいではないと信じてはいるが、若者に強く当たるのはさすがに出来なかった。それを八鍬の社員は温厚な人だと言った。

八鍬の課長として温厚だと言われながら五年も勤めると、大豊商事であれだけ苛立った日々を送っていたのに、今では苛立つことはめったにない。そうなって来て初めて自分の中で、亡くなった青年、浅井の存在が深く胸の中に住み着くようになった。消し去ろうとすればするほどこだわりが強くなってしまう。そして、今ここに来て、自分でも思い掛けず若い社員を居酒屋などに誘ってみたりしている。

どうしてなのか分からないが、若者にかかわらないようにしたいはずなのに、気が付いたときには居酒屋で飲んでいる。酔った後の記憶があやふやであるのが恐ろしく思える。

そんな思いでいる渡辺を、部下の野村が、

「課長、今日、僕たち、またあの店に行くので、課長もぜひ付き合って下さい」

と言って来た。

行きたくはないはずなのに、口が勝手に承諾してしまった。不思議だがそう表現するしかない承諾の仕方だった。何かが俺を動かしている。そんな不安な思いがした。

9

野村から小田に、渡辺を店に連れて行くと連絡があったのは、野村に渡辺を店に連れて来てほしいと頼んだ日から一週間後の水曜日だった。

小田は、アルバイトの加山と島田にも事情を説明し、英司が店を休むことがないように協力を仰いだ。当然彼ら二人は話の内容に驚いた。しかし、英司の様子がおかしいことは二人も見ていたので、協力すると約束してくれた。事後報告ではあったが、大友にも連絡を入れた。大友は危険すぎると言ったが、英司の様子を見ていて小田はもう待てなかった。小田の大胆な行動に戸惑った様子の大友だったが、彼もまた店に来ると約束してくれた。

その日は店を貸し切りとした。

アルバイトの島田と加山が英司を伴って出勤して来た。英司は何も知らない。小田が見る限りでは、その日の彼はいつものさばさばした様子だった。自分が立てた計画がどのような結果を生むかは分からないが、いよいよだと思うと身体の奥が緊張で張りつめる。小田は、

「大丈夫だ。いつも通り、いつも通り」

と心の中で自分に言い聞かせた。

大豊商事の大塚が連れを二人伴って店にやって来た。当然大塚にも連絡は入れていた。

「いらっしゃい」

と英司が大きく声を掛ける。

小田は、大塚と目を合わせるようにして軽く頭を下げた。英司がその大塚たちをボックス席に案内した。その後にスーツ姿の大友が、こちらも連れを伴ってやって来た。加山が英司と同じように、

「いらっしゃい」

と言い、大塚たちの席から一つはなれたボックス席に連れて行った。

大塚たちの接客をしているその日の英司は、ここ数日の様子が嘘だったかのようにしっかりとしていた。

しばらくしてから渡辺を連れた野村達団体がやって来た。英司を除く誰もが緊張した。

彼らを中程のテーブルに案内をしたのは英司だった。英司が少し構えたような顔をしたのは、自分が絡まれた客だったからのようだ。席から離れ小田の顔を見つけると、何かを訴えるような顔をした。小田はその顔に頷いてやった。

しばらくは和やかな居酒屋の雰囲気だった。

やがて渡辺に酔いが回ってきた。そして始まった。渡辺の目が英司を見ている。すると、その英司にも変化が現れた。

渡辺は英司を気にしながらも、仕事上の事であろうか、盛んに自説を述べていた。加山が、

「店長」

と不安そうに小田の傍にやって来た。奥にいた島田もそっと店の中を覗いている。大塚たちも、大友も、そしてその連れも。他の客が店の中にいたなら、渡辺はただの迷惑な客で、その渡辺を窺っている従業員たちを見たら、間違いなく不審に思っただろう。

英司がうなだれるように渡辺の席に近づいて行った。野村達に向けられていた渡辺の顔が、獲物を目にした野獣のように英司に向けられた。渡辺の前の英司は、何の抵抗も出来ず諦めた様子で佇んだ。ここが居酒屋であるのが嘘のように店の中は静まり返り、張り詰めた空気に包まれた。

渡辺のその顔は、相手を見下す喜びをかみしめているようだった。

「何だ。浅井。まだいたのか。仕事の出来ない奴は必要ないんだよ」とうなだれたような英司に言った。

「お前はいいよな。いつもそうやって黙って立っているだけで給料を貰えるのだからな」

英司の肩がピクッと動いた。下ろされた手は強く握り締められている。

「酷い」

大塚が呟いた。その大塚をギロリという感じで渡辺が睨みつけた。その目は直ぐに英司に戻された。何という形相だろうか。誰もが固唾を呑んで見ていた。声を出した大塚が心配だったのか、大友が静かに立ち上がり彼の側まで行った。

　渡辺が再び英司に向かって言った。

「お前、俺の働きで生活しているようなもんだな」と。

英司の握っている手が、我慢の為か、怒りの為か、小刻みに震えている。大友に背中を擦られている大塚が再び、

「あんたな」

と声を上げると、下を向いていた英司の口から、

「呪い殺してやる」

と、ゾッとするような湿った声がして、ギッと渡辺を睨み上げた。渡辺の表情は変わらない。相変わらず馬鹿にしたような顔で、

「ふん。俺に逆らえるわけねえだろう」

と笑った。

しかし、怯むことなく顔を睨み続けている英司に苛立ったのか、渡辺が、

「お前は、俺の前でうなだれていればいいんだよ」

と声を荒げた。それでも憎しみのこもった目で、尚も自分を睨み続けている英司に、

「そうか。そんなに俺に詰られたいのか、浅井」

と渡辺が鼻で笑った。その言葉に大塚が、大友の手を払いのけるようにして、

「部長。あんたが浅井を殺したんだ」

と叫んだ。

大友が慌てて大塚を止めようとしたが、大塚はその勢いで渡辺の前まで来て、

「あんたほど卑劣な男はいないよ」

と叫んだ。

大塚のいきなりの行動に驚いたのは周りにいた者ばかりではない。詰め寄られた渡辺さえも驚いた顔をして黙り込んだ。ただ、大友が同伴した男だけが

黙って冷静に成り行きを窺っていた。

　大塚は、

「部長。あんたに浅井を無能呼ばわりする資格など無い。あんたこそ、無能で傲慢なだけの人間の屑だ」

と言い放った。

　その大塚の後ろに立つ形になった英司の肩が小さく震えて来た。大塚に攻められたような渡辺だったが、不利な体勢を立て直すように、

「お前は確か……使えない裏方の大塚友康だな」

と言った。それを無視して、

「あんたは、外でペコペコ頭を下げることか、弱い立場の者を罵倒することぐらいしか能がないだろう」

と大塚は言い、

「浅井は、俺の大事な仲間なんだ。それをボロボロにした挙句、お前は殺したんだ」

と泣き叫んだ。

渡辺に摑み掛からんとする大塚の手を、冷静に成り行きを見守っていた大友の連れの男が押さえた。

突然、店の天井に取り付けられたライトが点滅を始めた。皆がギョッとしたように天井を見上げた。奥から様子を窺っていた島田が、小田と加山の傍にやって来て、ぴったりと身体を小田に密着させた。カタカタと小さくテーブルが揺れ、薬味の瓶などが倒れた。天井のライトが盛んに点滅を繰り返す。窓ガラスが一度大きくガタッと音を立てると、やがて静かになった。

渡辺が膝を折るようにして、床に座り込んだ。

スウーと、まさにその表現がぴったりのように、英司が大塚の横に移動した。

大塚がその英司に、

「浅井、俺……お前を助けてやれなかった」

とうなだれた。

大塚の肩に英司の手がそっと添えられると、大塚は顔を上げて英司を見た。

その大塚の顔に英司の穏やかな顔が頷いた。大塚は泣いた。英司の頬にも涙が流れ落ちた。

大友が連れて来たのは、大友の知り合いだという住職で大牟田と言った。その大牟田が、数珠を手に、口で何かを唱えながら、英司の背中を擦り、最後に強く背中を一つ叩いた。

固まったような店の空気が一気に明るくなったような気がした。

大牟田は、座り込んだ渡辺に静かに語りかけるように、

「大丈夫ですか？」

と声を掛け立ち上がらせ、側の椅子に腰をかけさせた。

小田をはじめ、加山、島田、そして渡辺の部下である野村達、大友も含めた周りの者たちは、生々しい光景を目の当たりにして、渡辺がどういう男だったのか、浅井という青年に何をしたのかを理解することが出来た。誰もが渡辺を酷い男だと思った。なぜなら自己満足の為の行動だったからだ。

渡辺をそんな思いで見つめている者たちの前で大牟田は、渡辺に向かってこ

う言った。

「あなたがして来られたことを私たちはこの場で見せていただきました。酷いことをしましたね。あってはならない罪です。あなたは、苦しんだであろう青年に詫びなければなりません。そうですよね」

渡辺は力なく頷いた。

「あなたの中でも、そのことが悔やまれているのでしょう。だから今度のような引き合わせがあったのでしょう。ただ悔やんでいるだけでは、あなたの心はいつまで経っても晴れてきませんよ。心から自分のしたことを詫びるべきです。そうしなければ、また、同じことが繰り返されます。あなたは酔って覚えていないようですが、ここの従業員の方に絡んで罵倒したそうではありませんか。それは後ろめたい自分を庇っているからです。一度きちんと自分の愚かな行動に向きあわなくてはいけません。もう、逃げ道はないのですよ」

と厳しい声を掛けた。

そして、大塚に向かって、

「大塚さんといわれましたね。あなたの中にも悔やむ気持ちが残っていたのですね。今度、同じような体験をした時には、勇気を出して下さい。それが亡くなった方にとっては供養になると思いますよ」

張りのある凛とした声だった。

10

今回の事は大友の助言から始まったことだったが、もしそれが無くて、英司のおかしな様子が続いていたら、自分は彼を辞めさせていただろう。そうなっていたら彼の将来は無くなっていたかも知れないと思うと、小田は大友に感謝した。

大友にそう言うと、

「店長が信じてくれたからですよ」

と彼は嬉しそうに言った。そして、

「今回立ち会ってくれた人たちが、皆、いい人たちで良かったです」と言った。

その後、八鍬商事の野村と大豊商事の大塚が小田の店に時々顔を見せてくれている。大塚は、あの時一緒に連れて来た連れの二人に何の説明もしていなかったことに対して、散々恨み言を言われたと言っていた。野村の話では、渡辺は、その後も変わらず温厚な上司として在籍しているということだった。決して、自分たちを誘うことはないと言った。ただ、一つ変わったことは、仕事の指導が丁寧になったような気がするとも言った。

店でアルバイトをしている島田、加山の二人はしばらくの間、英司の顔を不思議な顔で窺ったり、背中に手を押し付けたりして怒られていた。あれから英司の様子は前と同じようにはきはきとした接客態度が保たれている。

店での出来事から数日後、英司は小田の勧めで、大牟田に住んでいる部屋の除霊をしてもらった。小田が計画した無謀すぎる行動の後、英司の部屋の壁に浮き上がった人影のようなものは消えていたが、事故物件となった部屋にはまだ、何かしらの現象が起きる可能性があると脅された。

英司は小田から、どうしてそんな部屋に住むことになったのかと聞かれた。

英司は父親が知り合いに騙されて、借金の保証人となり店を取られたこと、それだけでは足りず、家も手放したこと。親に迷惑を掛けたくなくて、ただ、安いというだけで事故物件だと知りながら賃貸契約をせざるを得なかった経緯を語った。

「安いところなど他にもあっただろうに」

と小田が言うと、

「見た目に本当に安いアパートだと、それはそれで心配させることになるだろうと思ったのです。自分が働いて余裕が出来たら直ぐに引っ越せばいいと、軽く考えてしまいました」

「そうだよ。今度の……その……お前に取り憑いた霊は、まだ強いものではなかったから良かったものの、一歩間違えれば取り返しのつかないことになっていたんだぞ」

小田の顔には安堵の色がうかがえた。

「そうですね。今思えば怖い体験でした。あの客に絡まれた日から、部屋に帰ると自分でもコントロールが出来ないほどに感情がコロコロ変わってしまうのです。あの男のことが憎くて仕方がなかったり、悔しかったり、惨めだったり、寂しかったり……」

そう言った英司の言葉に、

「そうか。辛い思いを誰かに知ってもらいたかったのだな」

と言い、

「これからもその部屋に住むのか？」

と小田は訊いた。英司は、

「とりあえずは」

と答え、

「大牟田さんから言われました。部屋に住み続けるなら、強い心を持って過ごすことと、もし何か気配を感じるようなことがあっても、霊に対して同情をしたり、何とかしてあげたいと軽く思わないことだと。そして、部屋はきれいに保つことだ」と言った。

「そうか。それが大切なことなんだな」

と小田は頷き、

「もうそろそろ卒業だな」

と言った。

「はい。これからは社会人です」

「いい上司に恵まれるといいな」

「泣き寝入りはしません」

「うん。もう少しの間だが、よろしく頼むよ」

と小田は英司の肩を軽く叩いて厨房へ入って行った。英司も店にやって来た客に、

「いらっしゃい」

と大きく声を掛けて仕事についた。

著者プロフィール

澁瀬 光（しぶせ こう）

会津の豪雪地帯只見出身。
千葉県在住。
落ち込んだときは、太宰治の「トカトントン」を助け船としている。
著書「時が優しく動き出し」（2020年12月、文芸社）

残された無念

2022年6月15日　初版第1刷発行

著　者　澁瀬 光
発行者　瓜谷 綱延
発行所　株式会社文芸社
〒160-0022　東京都新宿区新宿1－10－1
電話　03-5369-3060（代表）
03-5369-2299（販売）

印　刷　株式会社文芸社
製本所　株式会社MOTOMURA

ISBN978-4-286-23662-9